U0001405

需要房子嗎？
老鼠小姐來設計！

需要房子嗎？老鼠小姐來設計！

老鼠小姐工作室

建築師
•
室內設計師
•
軟裝師*

文／喬治·門多薩 George Mendoza　圖／朵莉絲·蘇珊·史密斯 Doris Susan Smith　譯／海狗房東

*軟裝師：室內設計師是利用隔間、鋪設天花板等裝潢方式改變室內空間的職業；
軟裝師的工作則是搭配不同的家具和擺設，讓房子更漂亮。

獻給喬治的子子孫孫，
以及他們曾經建造過的所有美好的家。

海ㄏㄞˇ莉ㄌㄧˋ的ㄉㄜ作ㄗㄨㄛˋ品ㄆㄧㄣˇ集ㄐㄧˊ

松ㄙㄨㄥ鼠ㄕㄨˇ樹ㄕㄨˋ屋ㄨ

鱒ㄗㄨㄣ魚ㄩˊ樂ㄌㄜˋ園ㄩㄢˊ

貓ㄇㄠ咪ㄇㄧ別ㄅㄧㄝˊ墅ㄕㄨˋ

鼴ㄧㄢˇ鼠ㄕㄨˇ豪ㄏㄠˊ宅ㄓㄞˊ

狐ㄏㄨˊ狸ㄌㄧˊ窩ㄨㄛ

兔ㄊㄨˋ子ㄗˇ農ㄋㄨㄥˊ莊ㄓㄨㄤ

毛ㄇㄠˊ毛ㄇㄠˊ蟲ㄔㄨㄥˊ的ㄉㄜ家ㄐㄧㄚ

熊ㄒㄩㄥˊ的ㄉㄜ洞ㄉㄨㄥˋ穴ㄒㄩㄝˊ

蜥ㄒㄧ蜴ㄧˋ的ㄉㄜ海ㄏㄞˇ景ㄐㄧㄥˇ之ㄓ家ㄐㄧㄚ

青ㄑㄧㄥ蛙ㄨㄚ的ㄉㄜ蓮ㄌㄧㄢˊ葉ㄧㄝˋ高ㄍㄠ腳ㄐㄧㄠˇ屋ㄨ

蜘ㄓ蛛ㄓㄨ網ㄨㄤˇ

貓ㄇㄠ頭ㄊㄡˊ鷹ㄧㄥ之ㄓ塔ㄊㄚˇ

小ㄒㄧㄠˇ豬ㄓㄨ宮ㄍㄨㄥ殿ㄉㄧㄢˋ

水ㄕㄨㄟˇ獺ㄊㄚˇ小ㄒㄧㄠˇ屋ㄨ

海ㄏㄞˇ莉ㄌㄧˋ的ㄉㄜ祕ㄇㄧˋ密ㄇㄧˋ基ㄐㄧ地ㄉㄧˋ

這位是老鼠小姐海莉。

海莉是世界知名的軟裝師，她也是一個藝術家、室內設計師、夢想家、建築師和創作者……但是，這些名稱都不足以形容她。

森林裡的動物們可能已經跟你提過大名鼎鼎的海莉了。不只松鼠、兔子、花栗鼠和所有的鳥兒，就連毛毛蟲都聽說過她。

我覺得海莉是個天才。她的頭腦就像一座旋轉木馬，色彩、布料和設計的點子，都在她的腦裡轉個不停。

你看，海莉總是在工作桌旁，不斷替動物們創作、思考各種構想和主題，努力讓動物們平凡的家變得與眾不同。她總是盡全力找出最完美的方案，一坐下來就是好幾個鐘頭。

有時候，她會一路工作到深夜，完全忘記要吃點麵包或起司來填飽肚子。

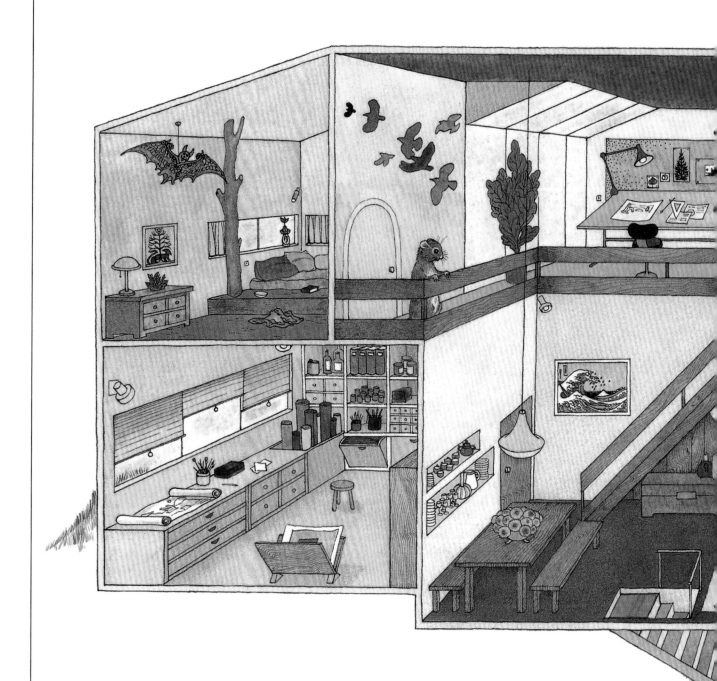

但是，海莉的任務實在太多，
還要滿足許多朋友的願望，
幸好她的身邊有可靠的老鼠小幫手。

想想看：松鼠請海莉
在樹的枝幹之間，
設計出像是太空船的家。

漂亮的棕色鱒魚想將他的水下世界，打造成傳說中的樂園——亞特蘭提斯。

「我的家要有很多床，
而且四周都要是陽臺。」
慵懶的貓呼嚕呼嚕的說。
貓所有的要求只為了
他最喜歡的事——放空。
不過，對海莉來說，
貓放空總比抓老鼠好多了。

鼴鼠的心願是到地面上，
過更方便也更愜意的生活。

拜託你了，海莉。
別再讓鼴鼠先生出門和
回家都弄得一身是土。

這是老鼠小姐幫鼴鼠設計的家。
你喜歡這個家嗎？
請用色筆塗上喜歡的顏色。

來設計夢想中的房子吧！

它蓋在哪裡？
（山上/海邊/
樹上/地底……）

它有幾層樓？
有幾個房間？

你想在房子裡做什麼事情呢？房子要怎麼設計，才能實現你的願望呢？

這些房間是做什麼用的？要放什麼東西？

列出你的想法，再畫到畫紙上。

字畝

想想看，這些房子哪裡特別？

1. 松鼠的樹屋蓋在樹上，牠們要怎麼在不同樹屋間移動？用什麼裝置搬運物品呢？

2. 貓咪別墅蓋在哪裡？為什麼？

3. 兔子農莊裡有幾層樓？分別是做什麼用的呢？

4. 毛毛蟲的家是用什麼東西蓋成的？牠的地下室放了什麼？為什麼？

5. 熊奶奶的家蓋在山洞裡，觀察她的臥房和房屋四周，你知道熊奶奶喜歡什麼嗎？

6. 蜘蛛的家有一扇大窗戶。猜猜看，蜘蛛是想從窗戶看到什麼呢？

7. 你最喜歡誰的房子呢？為什麼？

© Doris Susan Smith

狐狸只想要一個舒適的窩，
讓他在一整天奔跑、動腦之後，
有個地方可以休息。

至於最勤勞的農夫——兔子，
請海莉設計了一個地洞，
讓她可以堆滿填飽肚子的好東西。
許多都市人應該都想過這樣的生活吧？

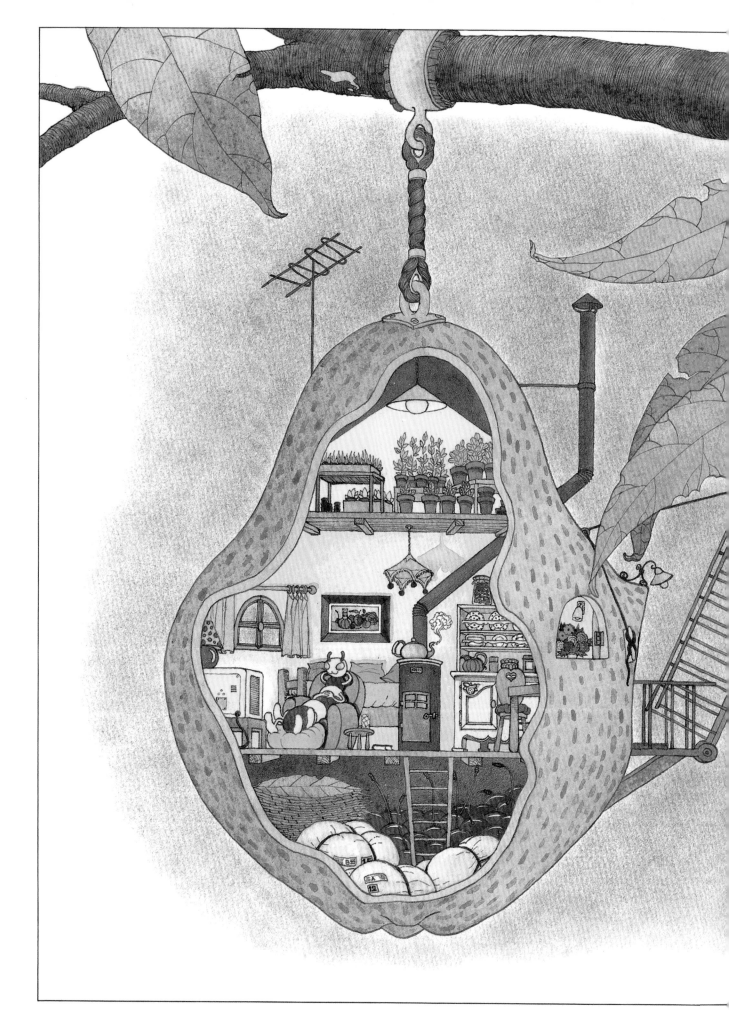

毛毛蟲實現了心中的夢想，
這都要感謝海莉出色的想像力。

毛茸茸的熊奶奶非常滿意
這個煥然一新的舒適洞穴，
她幾乎不再出門爬山了。

有著堅硬外皮的蜥蜴，
請海莉在海邊建一間明亮的屋子，
讓他可以在這裡欣賞日出和日落。

青蛙的蓮葉高腳屋是建築技術的大躍進。嘓！嘓！

蜘蛛的網強力放送迷幻的節拍，
成了一片充滿樂音的陷阱。
蚊蟲、飛蛾和蒼蠅，
請小心注意！

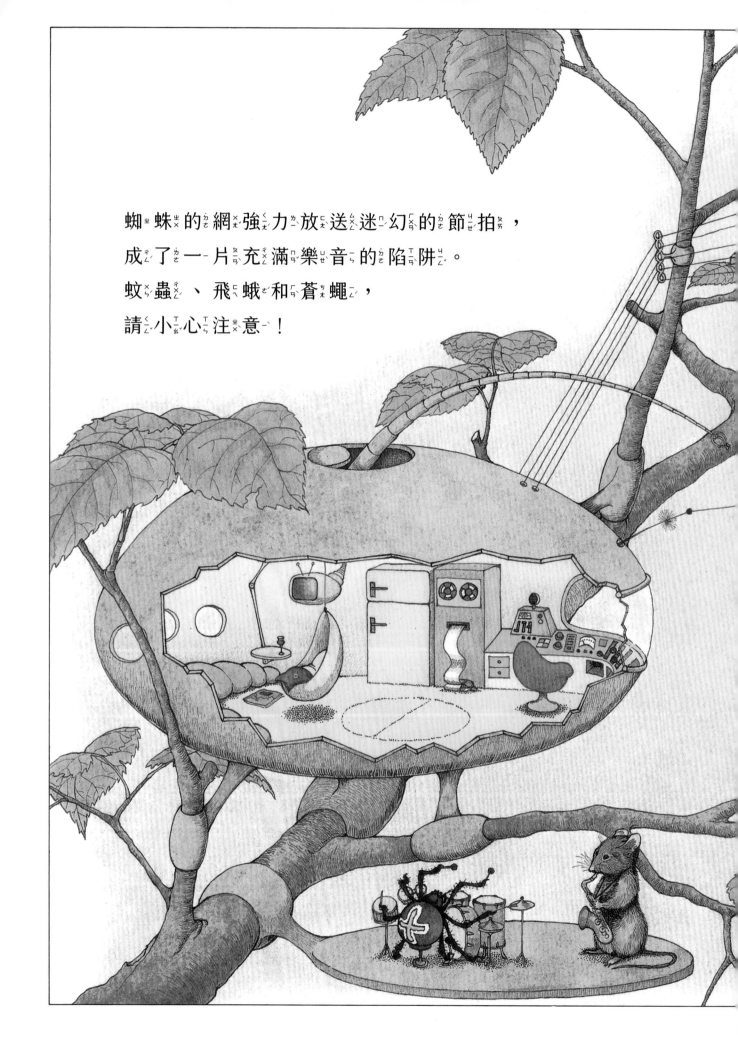

貓頭鷹每天晚上都在月亮眼前滑翔，
他總算可以越過全世界的光亮，
凝視最遙遠的星辰。

豬非常的挑剔，
挑剔到簡直像是個女王。
有錢的豬就是任性！

水獺對海莉說：
「請幫我搭建一間打獵和
釣魚用的堅固小屋吧！」

海莉呢？她一心只想要簡單的生活！你呢？

Flying 004

需要房子嗎？老鼠小姐來設計！

作者｜喬治‧門多薩 George Mendoza　繪者｜朵莉絲‧蘇珊‧史密斯 Doris Susan Smith　翻譯｜海狗房東

字畝文化創意有限公司

社長兼總編輯｜馮季眉　責任編輯｜巫佳蓮　美術設計｜張簡至真

出版｜字畝文化／遠足文化事業股份有限公司
發行｜遠足文化事業股份有限公司（讀書共和國出版集團）
地址｜231新北市新店區民權路108-2號9樓
電話｜(02)2218-1417　傳真｜(02)8667-1065
客服信箱｜service@bookrep.com.tw
網路書店｜www.bookrep.com.tw
團體訂購請洽業務部 (02) 2218-1417 分機1124
法律顧問｜華洋法律事務所　蘇文生律師　印製｜通南彩色印刷有限公司

2023年 4 月　初版一刷
2024年 3 月　初版五刷
定價｜360元　書號｜XBFY0004　ISBN 978-626-7200-69-8

特別聲明：有關本書中的言論內容，不代表本公司／出版集團之立場與意見，
文責由作者自行承擔。

Need a House? Call Ms. Mouse!
Copyright © George Mendoza, first published by Grosset and Dunlap Inc. and Librairie Ernest
Flammarion in 1981. This edition copyright © Ashley Mendoza and first published by Allen &
Unwin in the English Language in 2022.
Complex Chinese translation rights © 2023 by WordField Publishing Ltd., a Division of
WALKERS CULTURAL ENTERPRISE LTD.
Published in agreement with Allen & Unwin, through The Grayhawk Agency
All rights reserved

國家圖書館出版品預行編目 (CIP) 資料

需要房子嗎？老鼠小姐來設計！／喬治‧門多薩 (George
Mendoza) 文；朵莉絲‧蘇珊‧史密斯 (Doris Susan Smith) 圖；
海狗房東譯．
-- 初版 -- 新北市：字畝文化出版，遠足文化事業股份有限公司發
行，2023.04，48 面；21.6x28.1 公分 (Flying；4) 譯自：Need
a house call MS.Mouse!
ISBN 978-626-7200-69-8 (精裝)
1.SHTB: 圖畫故事書 --3-6 歲幼兒讀物

874.599　　　　　　　　　　　　　　　　112003515